Winnie y Wilbur

WINNIE
la boba

señora Parmar

La señorita de la cocina

Los pequeños ordinarios

Fachas

Jerry el gigante

Para Jac - K.P.
Para Susie Goodhart, con amor - xx

WINNIE
la boba

Título original: *Winnie the Twit*

© 2008 Oxford University Press, por el texto
© 2008 Korky Paul, por las ilustraciones

Traducción: Sandra Sepúlveda Martín

Publicado originalmente en inglés en 2008. Esta edición se ha publicado
según acuerdo con Oxford University Press.

D.R. © Editorial Océano, S.L.
Milanesat 21-23, Edificio Océano
08017 Barcelona, España
www.oceano.com

D.R. © Editorial Océano de México, S.A. de C.V.
Eugenio Sue 55, Polanco Chapultepec
Miguel Hidalgo, 11560, Ciudad de México
www.oceano.mx
www.oceanotravesia.mx

Primera edición: 2017

ISBN: 978-607-527-142-2
Depósito legal: B-17481-2017

IMPRESO EN ESPAÑA / PRINTED IN SPAIN

9004320010717

LAURA OWEN & KORKY PAUL

Winnie y Wilbur

WINNIE
la boba

OCEANO travesía

CONTENIDO

El almuerzo escolar
de **WINNIE**

WINNIE
la boba

La mascota perfecta de
WINNIE

Wilbur estaba tumbado al sol en la puerta
de entrada disfrutando del calor, cuando
Winnie llegó corriendo.

—¡Wilbur! —dijo—. ¡Oh, Wilbur,
un hombre enorme, tan grande como
una jirafa gigante, se acaba de mudar aquí
junto! ¡Y es tan grosero como el trasero
esponjoso de una abeja! ¡Me gritó una
palabrota!

Wilbur abrió un ojo. Miró a Winnie,
y lo volvió a cerrar.

—Juega conmigo, Wilbur —dijo Winnie—.
Ayúdame a olvidar a ese hombre tan grosero.
Eso haría una buena mascota.

Wilbur bostezó. Se levantó despacio,
arqueó la espalda, estiró las patas y se volvió
a acostar.

—¡Eres más perezoso que una lagartija rellena! —exclamó Winnie—. ¡Anda, juguemos tenis, Wilbur!

Winnie corrió a su casa. Entró en la cocina y chocó contra los armarios. Destruyó los anaqueles. Brincó entre los frascos. Luego llegó al armario, abrió la puerta y de ahí cayó... ¡todo!

—¡Aquí está!

Winnie se abalanzó sobre algo gris
y sucio. Luego, sacó algo que parecía una
cuchara llena de agujeros, y algo más que
parecía una naranja marchita. Entró
al baño y salió vestida… pues… ¡así!

Winnie brincó, chocó y se estrelló
de regreso al jardín.

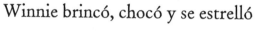

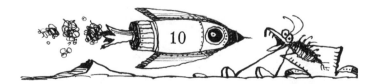

—¿Qué opinas, Wilbur?

Wilbur sólo se cubrió la cara con las patas.

Winnie botó la pelota a su alrededor.

Bota, bota.

—Anda —dijo—. ¡A jugar!

Pero Wilbur no se movió.

—No eres divertido —dijo Winnie—. Jugaré con magia si tú no quieres.

Winnie señaló la raqueta y la pelota con su varita.

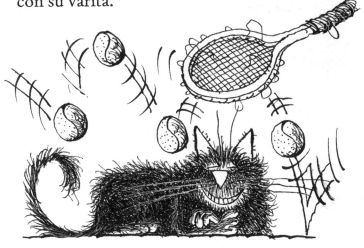

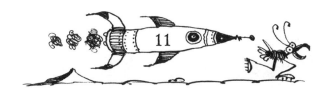

—¡Abracadabra, abracadabra, abracadabra! —gritó.

En un instante, había tres raquetas de tenis y tres pelotas más, todas en el aire. Las raquetas le lanzaban las pelotas a Winnie.

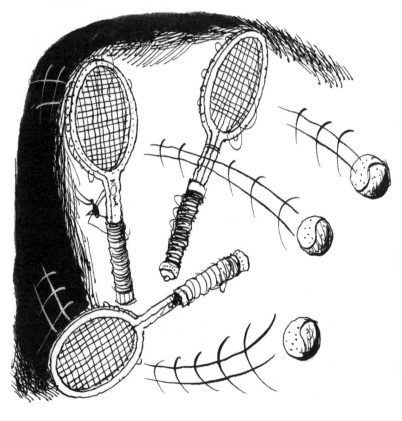

Winnie agitaba su raqueta, arriba **¡Hup!**, abajo **¡Uff!**, a los lados **¡Ah!**, pero fallaba todas.

—¡Au! ¡Auch! ¡Alto! —gritó—. ¡Rayos! —dijo—. ¡Nadie es amable conmigo hoy!

Winnie arrojó su varita hacia las plantas, pero un momento después, su varita estaba de vuelta… en el hocico de un perro.

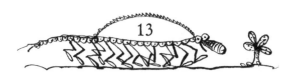

El perro llegó corriendo hacia Winnie.
Dejó la varita a sus pies y luego sonrió
y movió la cola.

—¿Quién eres? —preguntó Winnie—.
¿Quieres que la arroje de nuevo?

Winnie lanzó la varita una y otra vez.
El perro la traía y movía la cola pidiendo más.
Ahora Winnie lanzó la pelota.

—¡Tráela!

El perro se la trajo.

—¡Qué chico tan listo! ¿Lo viste, Wilbur?
¿Verdad que es listo?

—Miau —dijo Wilbur.

—¿No te simpatiza? —preguntó
Winnie—. A mí sí. Me simpatiza mucho.
Comamos juntos.

Así que fueron a la cocina. Wilbur
le hizo señas al perro, y le guiñó un ojo.
Le mostró la caja de galletas Campeón
y luego señaló a Winnie. El perro
sonrió y asintió y movió la cola. Tomó
la caja de galletas y se la entregó
a Winnie.

—¿Para mí? —dijo Winnie sin ver—.
¡Oh, mira qué buen perro, Wilbur!

Winnie metió una mano en la caja
y se comió una galleta.

—¡Puaj! —escupió Winnie—. ¡Qué asco!
¡Odio las galletas Campeón! Saltó por toda
la cocina, haciendo muecas y escupiendo.

El perro se escondió bajo la mesa.

Wilbur sonrió, malévolo, luego preparó una charola con la comida favorita de Winnie: gusanos crujientes, un sándwich de ortigas y un vaso de licuado de babosa.

—¡Qué delicia! —exclamó Winnie—. ¡Eres muy listo, Wilbur! ¡Sabes bien lo que me gusta!

Pero el perro sacó una pata y... **¡Pam!** Wilbur tropezó. **¡Paz!**, se cayó la charola.

¡Splash! se regó el licuado, y llovieron gusanos crujientes sobre Winnie.

—¡Oh, Wilbur, eres tan torpe como un ciempiés en patines! —gritó Winnie.

Wilbur y el perro estaban sacándose la lengua el uno al otro.

—¡Tengo una brillante idea! —dijo Winnie—. ¿Pueden adivinarla?

19

El perro y Wilbur negaron con la cabeza.

—¡Es obvio! —dijo Winnie—. Los gatos son listos y los perros obedientes. Quiero una mascota que sea ambas cosas. ¡Lo que necesito es un *garro*!

—¡Guau! —aulló el perro.

—¡Miau! —se quejó Wilbur.

Los dos corrieron hacia la puerta, pero Winnie ya estaba agitando su varita. **¡Abracadabra!**

La magia brincó y bailó y de inmediato había un... garro.

—Perfecto —dijo Winnie.

Pero el garro no era perfecto. Saltó sobre las cortinas y las hizo girones.

¡MIAU-GUAU! Ñam, ñam, ñam.

—Buen garro —dijo Winnie y lo acarició.

21

Pero el garro le gruñó. Luego levantó una pata y le meó encima.

—¡Puaaaj! ¡Garro malo! —exclamó Winnie.

El garro saltó sobre la tarja y luego por la ventana al jardín. Comenzó a cavar.

—¡Vuelve aquí! —gritó Winnie.

El garro no le hizo caso. Cavó un hoyo profundo. Se revolcó en el lodo. Le olisqueó el

trasero a Winnie y luego le saltó encima
con las patas sucias y las garras afiladas.

—¡Bájate! —gritó Winnie—.
¡Siéntate! ¡Chico malo! ¡Wilbur,
sálvame!

Pero Wilbur ya no estaba. Cielos, pensó Winnie. El garro no es lo mejor de un perro mezclado con lo mejor de un gato. ¡Es lo peor de los dos juntos!

—¿Dónde está mi varita?

Quiero a mi Wilbur de vuelta.

Winnie vio la varita en el suelo. El garro también la vio y corrió por ella.

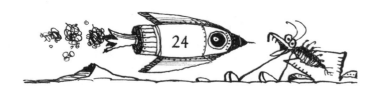

—¡Es *mi* varita! —gritó Winnie, lanzándose por ella y agitándola—. ¡Abracadabra! —Justo cuando el garro estaba a punto de romperla.

Y ahí estaba Wilbur, sorprendido pero feliz. Y ahí estaba el perro, huyendo a toda velocidad.

—¡Fachas! —retumbó una voz.

Winnie se puso las manos en la cintura.

—Ahí está ese hombre grosero —dijo—. Es tan grosero como diez traseros de rana.

Pero el perro lo saludó, moviendo la cola y ladrando.

—¡Fachas, mi perrito tonto y travieso! —rio el hombre.

Entonces Winnie sonrió.

—¿Sabes algo, Wilbur? —preguntó—.
El señor le decía palabrotas al perro,
no a mí. No me dijo nada malo. Y tú eres
perfecto así. ¡Dame un beso, Wilbur!

27

WINNIE
puede sola

—¿Ves esto, Wilbur? —preguntó Winnie mostrándole la revista *Bruja Uno*—. Quiero uno de estos invernaderos.

Wilbur hizo una mueca.

—¿Que para qué lo quiero? —preguntó de nuevo Winnie—. Para cultivar plantas. Imagínate, Wilbur, podríamos tener nuestra propia jungla con trepadoras y hiedras. ¡Podríamos tener insectos exóticos! —Winnie

se relamió los labios—. Mmm, ¡me da hambre de sólo pensarlo! —exclamó Winnie—. ¡Hagámoslo! —señaló la imagen con su varita. ¡Abracadabra!

En un instante, había un hermoso invernadero de cristal. Pero…

—¡Oh, pañales sucios de bebé! —dijo Winnie.

El invernadero era perfecto en todos los sentidos… excepto en el tamaño. Era tan pequeño como la foto de la revista.

—Lo usaré para guardar mis uñas de los pies —dijo Winnie, dejándolo sobre la mesa—. Probemos de nuevo. ¡Lo quiero grande esta vez, varita! —Winnie golpeó la página con su varita.

¡Abracadabra!

Winnie y Wilbur comenzaron a luchar
contra algo enorme que les cayó del cielo
de manera sorpresiva.

—¡No puedo ver! —dijo Winnie—.
¡El cielo se cae! ¿Dónde estás, Wilbur?

Wilbur peleó y mordió y arañó… y escapó
de abajo de la página gigante de revista.

Sacó a Winnie de ahí.

—¡Rayos, Wilbur! —se quejó Winnie—.
La magia no servirá para esto.

Wilbur empezó a construir una torre
con pedazos de galletas de mocos.

—¡Buena idea, Wilbur! —celebró Winnie—. ¡Qué listo! Contrataremos a un constructor para que nos haga un invernadero, como hace la gente normal. ¿Conocemos a alguno?

Wilbur lo conocía.

—¿Qué? —preguntó Winnie—. ¿El gigante de al lado? ¿Estás seguro?

Wilbur tenía razón. Había un nuevo letrero: "Construye tus sueños con Jerry el constructor".

—Ya está construyendo cosas en su propia casa —dijo Winnie—. ¡Mira!

Jerry había tenido que elevar el techo y las puertas de su casa porque era un gigante.

—Un chico tan grande seguramente construye cosas tan rápido como la magia —dijo Winnie—. ¿Le preguntamos si está libre?

35

—La gente del pueblo ve mi letrero y toca mi puerta —dijo Jerry, rascándose la cabeza—. Pero siempre huyen cuando me ven. Así que estoy libre, señorita.

Jerry llegó con su perro y su caja de herramientas y se puso a trabajar. Pero un gigante como Jerry no cabía muy bien en la casa de Winnie.

¡Pumba, Pam!

—¡Auch!

¡Pam, crash!

—¡Ay!

—Mejor construya afuera —dijo Winnie.

—Tengo que hacer un hoyo para conectar el invernadero con la casa —dijo Jerry—. ¡Retroceda, señorita! —Jerry golpeó la pared con un gran mazo, **¡Clonc! ¡Pras!**, cayeron ladrillos, tejas, ventanas.

—¡Oh, no! —dijo Winnie.

Una torre entera se desplomó.

—¡Ups! —dijo Jerry—. ¡Lo siento, señorita!

La casa de Winnie se abrió como una casa de muñecas. Se podía ver el interior.

38

—No es seguro entrar ahora
—dijo Jerry—. Hasta que ponga unos
soportes y eso —Jerry miró
su reloj—. Ya terminé por hoy.
La veré mañana, señorita.

—¡Espera un mini-momento! —dijo
Winnie, pero Jerry ya se había ido con sus
herramientas.

40

—Bueno —dijo Winnie, cruzando los brazos—. Esta noche tendremos que dormir en el jardín como los caracoles.

Winnie y Wilbur pusieron un saco de dormir sobre el césped.

—¡Ay! —gritó Winnie—. ¡El césped está mojado! Necesitamos un piso, Wilbur.

Así que Winnie y Wilbur fueron al patio de construcción de Jerry. Arrastraron unas tablas

y las juntaron. Pusieron su saco de dormir
en su nuevo piso.

—Mucho mejor —dijo Winnie,
acurrucándose.

—¡Guau, guau! —sonó un ruido
en el bosque.

—¡Grrr!

—¡Jssss!

—¡Guau, guau, guau!

Winnie se levantó con los pelos
de punta.

—¿Qué fue eso, Wilbur?

Wilbur se había metido muy adentro del
saco de dormir.

—Esto no está bien —dijo Winnie—.
¡Necesitamos paredes para
estar seguros!

Así que Winnie y Wilbur volvieron
al patio de Jerry, donde encontraron unas
ventanas viejas. Las juntaron para crear
una pared.

—¡Mucho mejor! —dijo Winnie,
acurrucándose otra vez—. ¡Mira las estrellas,
Wilbur! Son tan bellas como caspa sobre
terciopelo.

Wilbur bostezó. **Ronca-ronca.**

—Deberíamos dormir afuera más seguido,
Wilbur —dijo Winnie.

¡Splat!

—¿Qué...? —comenzó Winnie.

¡Split-splot!

—¡Miau! —Wilbur se despertó de un
salto. Se había convertido en un gato blanco y
negro.

—¡Ji, ji, mírate! —se rio Winnie—. Pareces
una vaca.

Pero luego Winnie se miró a sí misma.

—¡Oh, qué asco! ¡Malvados búhos!
¡Necesitamos un techo, Wilbur!

Así que Winnie y Wilbur recogieron todos los cristales que habían caído cuando Jerry tiró la pared.

—Sólo nos hace falta un poco de pegamento de baba de araña —Winnie agitó su varita sobre los cristales rotos—. ¡Abracadabra!

Y al instante los cristales se juntaron en un techo de cristal muy extravagante.

—¡Listo! —exclamó Winnie, acurrucándose una vez más. Luego entrecerró los ojos—. ¿Qué relámpagos es eso?

Era el sol, que comenzaba a salir.

—¡Oh, no puede ser! —dijo Winnie, acercando su varita—. *¡Abracadabra!*

Al instante había macetas con plantas cubriendo toda la luz.

Winnie y Wilbur durmieron por fin, hasta que... **PUM PUM PUM...** unos pasos los despertaron.

—Buenos días, señorita —saludó Jerry—. ¡Veo que se construyó su propio invernadero usted sola!

—¿Lo hice? —preguntó Winnie—.

¡Pero qué desorden! ¿Dónde está mi varita?

¡Abracadabra!

Y al instante el invernadero de Winnie
se había arreglado y anexado a la casa. Jerry se
rascó la cabeza.

—Otra vez estoy desempleado,
sin nada que hacer.

—Venga a desayunar con nosotros —dijo
Winnie—. ¿Le gusta el sapo escalfado?
¿Con té de pantano? Wilbur es un gran
cocinero.

—Pero no quepo en su cocina,
señorita.

—Podemos comer afuera —sugirió
Winnie—. ¿Saben qué le hace falta a esta casa?
Un patio.

—Iré por mi mazo —dijo Jerry.

El almuerzo escolar
de WINNIE

—Adivina qué estoy pensando, Wilbur.
Empieza con "W" —dijo Winnie.

Wilbur señaló.

—No, no es "Winnie" —contestó Winnie.

Wilbur suspiró y señaló de nuevo.

—¡Exacto! —exclamó Winnie—. ¡Eres
tú! Juguemos de nuevo. Adivina qué estoy
pensando. Es otra cosa que empieza con
"W".

Wilbur bostezó ostentosamente.

—Cielos, tienes razón —dijo Winnie—. ¡Esto es aburrido! Sólo tú y yo empezamos con "W" por aquí. Si tan solo tuvieramos un "waffle", o un perrito "whisky"…

Wilbur negó con la cabeza.

—¡No me mires así, Wilbur! Sólo me sé la letra "W" —dijo Winnie—. ¿Crees que sea demasiado tarde para volver a la escuela a aprender más letras?

Fueron a averiguarlo. La escuela en el
pueblo de Winnie se parecía un poco a la casa
de Winnie. Pero había niños corriendo en el
patio y gritando.

—¡Mira, Wilbur! —exclamó Winnie—.
¡Mira cuántos pequeños ordinarios! Toca el
timbre.

Pero la secretaria de la escuela no quería a Winnie allí. La señora Parmar era grande y terrorífica, lo mismo que su sonrisa.

—Esta escuela es para niños, no para brujas adultas —le dijo—. ¡Fuera de aquí!

Winnie y Wilbur ya se iban cuando una señorita los saludó desde la ventana de la cocina de la escuela.

—Disculpen —dijo la señorita—. ¿Está ocupado el gato? Tenemos ratones en la alacena. ¿Es bueno atrapando ratones?

—¡Miau! —contestó Wilbur, orgulloso.

En un instante, Wilbur estaba en la cocina, persiguiendo y saltando y atrapando **¡Iiih! ¡Iiiih! ¡Iiih!** tres ratones de un zarpazo.

—¡El trabajo es tuyo! —exclamó la señorita de la cocina—. Te pagaremos con almuerzos escolares.

—Ejem —preguntó Winnie—. ¿No tendrá un trabajo para mí también?

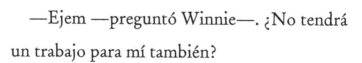

—De hecho, sí —contestó la señorita—.
¿Sabes cocinar?

—¿Qué si sé cocinar? ¿Es azul el cielo?
Claro —dijo Winnie—. Soy muy buena
cocinera —respondió mirando los ratones
colgando de la boca de Wilbur—. De hecho,
podría usar ésos.

Pero Wilbur le tapó la boca con una pata
para que no terminara la frase.

La señorita de la cocina le entregó a Winnie el uniforme y el sombrero de cocinera para que empezara.

—Tengo que irme —dijo la señorita—. Pero hoy toca espagueti a la boloñesa y *ratatouille*. ¡Buena suerte!

—Bien —dijo Winnie—. ¿Dónde guardan los calderos? Comencemos. Eso del *ratatouille* suena delicioso. Busca las ratas en el refri, Wilbur.

Wilbur buscó en el refrigerador y en
la alacena. Había bolsas de cebollas y cajas
de berenjenas y pimientos rojos y amarillos
y calabacitas, pero no vio ratas por ningún
lado.

—Ah, creo que ya sé por qué —dijo
Winnie—. Les gusta tener todo muy fresco
en las escuelas estos días. Tendrás que atrapar
las ratas, Wilbur. ¡Anda, rápido!

Wilbur corrió hacia los cobertizos junto a los campos de la escuela. **¡Salta, grita, jala!** Atrapó una. **¡Escóndete, salta, chilla!** Y otra.

Mientras tanto, Winnie recordó que la señorita había mencionado algo de una boloñesa.

—Me queda muy bien la boloñesa de lombrices —dijo Winnie—. Supongo que tendré que atraparlas frescas también.

Caminó hacia el campo de futbol, donde agitó su varita.

¡Abracadabra!

Al instante, cientos de lombrices salieron del suelo y Winnie las recogió en un balde.

Al poco tiempo, Winnie y Wilbur volvieron para ponerse a cocinar a toda velocidad.

¡**Clang-clang!**, sonó el gong.

—¡Ya es hora del almuerzo! ¡Rápido, Wilbur! Ponte un delantal limpio y sal a servir.

Winnie arrastró el caldero al comedor justo cuando los niños entraban por la puerta.

Pero alguien muy grande avanzó a empujones hasta el frente de la fila.

—¡Fuera de mi camino, niños! ¡Un poco de respeto! ¡Los adultos primero!

Era la señora Parmar. Le lanzó su charola a Winnie.

—¡Quiero un poco de eso! —dijo señalando el caldero con un dedo muy gordo.

Winnie le sirvió un poco de su boloñesa especial.

—¡Eso se está moviendo! —dijo la señora Parmar.

—Es porque está muy fresco —contestó Winnie.

—¡En ese caso, quiero más! —pidió la señora Parmar.

—¡Qué golosa! —exclamó Winnie, pero le sirvió más.

—¡Y quiero esas cosas raras también! —dijo la señora Parmar, señalando las ratas de Wilbur—. ¡Quiero tres de esas!

La señora Parmar se sentó en una mesa y acercó a su boca el tenedor lleno de boloñesa. Pero un momento después gritaba.

—¡Aaay! ¡Puaj! ¡Qué asco!

La señora Parmar brincaba por todas partes.

—¡Me envenenaron! ¿Qué rayos me dieron de comer?

—*Ratatouille* —contestó Winnie—. Hecho con deliciosas ratas frescas. Y boloñesa hecha con lombrices recién desenterradas. ¿Cuál es el problema?

La señora Parmar huyó del comedor.

Pero Winnie se dio cuenta de que no sólo la señora Parmar tenía problemas con la comida. Los niños retrocedían, tratando de huir del comedor.

—¡No se vayan, pequeños! ¡Coman su almuerzo!

—Pero no queremos comer lombrices y ratas —dijo un niño.

—¿En serio? —preguntó Winnie—. ¡Qué raro! Pero se resuelve fácilmente. ¿Qué quieren comer?

—¡Donas!

—¡Helado!

—¡Muy fácil! —dijo Winnie. Sacó su varita y la agitó sobre la comida.

¡Abracadabra!

Y al instante las ratas y las lombrices se transformaron en platos y platos de comida deliciosa.

—¡Qué rico! —gritaron los niños y comieron mucho. Winnie se sentó y comió y conversó con ellos. Wilbur se lució trepando las paredes del comedor mientras los niños le aplaudían.

Hasta que volvió la señora Parmar.

—¡Regresen todos a sus salones!

Agitó un dedo gordo frente a Winnie.

—¡Y tú! —le gritó, con la papada

temblando—. ¡Limpia este desastre y vete!

—¿Y mañana? Pensaba hacer perros

calientes.

—¡Fuera! —gritó la señora Parmar.

Limpiar todo fue fácil.

¡Abracadabra!

De inmediato, la cocina estaba brillando de

limpia. Entonces Winnie y Wilbur volvieron

a su propia cocina sucia y desordenada a prepararse un poco de té.

—Bueno —suspiró Winnie—. Al menos aprendí algo en la escuela hoy.

—¿Miau? —preguntó Wilbur.

—Aprendí una nueva letra —dijo Winnie—. Mira. Adivina qué estoy pensando. Es algo que empieza con **"Q"**.

Wilbur frunció el seño, mirando alrededor. Wilbur señaló.

—No, no es eso. Ni eso tampoco. ¿Te rindes?

Wilbur asintió.

—¡Es una calabacita!

—¡Miau!

—¿Que calabacita no empieza con "Q"? —preguntó Winnie—. ¡Pero escucha la palabra… "calabacita!"

Wilbur hundió la cara entre las patas.

WINNIE
la boba

—¿Cuántas **chomp, chomp** tienes en
tu balde, Wilbur? —preguntó Winnie.

Estaban recogiendo orugas frescas de los
árboles frutales.

Wilbur le mostró su balde lleno de orugas
peludas y rayadas.

—¡Muy bien, Wilbur! ¡Qué rico! —dijo
Winnie. Abrió grande la boca, como un
pájaro bebé, y lanzó una oruga dentro—.
Mmm, debería dejar de comerlas o no habrá

suficientes para hacer la mermelada. ¡Pero son tan deliciosas así frescas! —Winnie se metió una mano a la boca para quitarse los pedazos de oruga que tenía pegados en los dientes—. ¡Burp! ¿No es maravillosa la naturaleza, Wilbur? Nos da todo lo que necesitamos.

Wilbur olisqueó una oruga y estornudó. Después se atrevió a mordisquear un pedazo de trasero peludo de oruga.

—¡Puaaajj!

¡La escupió!

—Te gustarán cuado estén endulzadas con azúcar —dijo Winnie.

Wilbur suspiró y pensó con deseo
en tripas enlatadas sazonadas con moscas.
Pensó en paletas heladas de baba de caracol.
Se sentó, soñador… ¡sobre una ortiga
venenosa!

—¡Miaaauuu! ¡Grrrr!

—¡Tienes que recogerlas, no sentarte sobre
ellas! —exclamó Winnie—. Son buenas para
hacer sopa.

—¡Mira, un sapo! —dijo Winnie, buscando entre la hierba—. ¡Ahí va!

Winnie se lanzó como un guardameta... **Zuuuuuum...** y atrapó al sapo a medio salto.

—¡Croac! —dijo el sapo.

—¡Lo atrapé! —gritó Winnie—. ¡Comeremos sapo a la *Stroganoff* para el almuerzo!

—¡**Ribbit!** —dijo el sapo y saltó sobre la cabeza de Winnie y luego huyó.

—¡Rápido, atrápalo! —gritó Winnie, pero Wilbur sólo arqueó una ceja.

—Oh, está bien —dijo Winnie—. Comeremos otra cosa para el almuerzo. Con salsa de ortigas. Y luego prepararemos la mermelada.

Pasaron casi todo el día en la cocina humeante, removiendo calderos llenos de mermelada de oruga.

—Ponle más azúcar, Wilbur —dijo Winnie—. Metió su varita en la mezcla y la lamió—. ¡Aaay! ¡Auch! ¡Muy caliente!

Agitó la varita para enfriar la mermelada y volvió a lamerla.

—¡Delicioso! Prueba, Wilbur.

De pronto, Winnie se puso verde. Se abrazó la barriga.

—Oh —dijo—. Creo que he comido  demasiadas orugas —eructó muy fuerte—. Voy a salir a tomar un poco de aire fresco, Wilbur.

Winnie salió a pasear y el hermoso cielo rosa y el sol rojo entre los árboles pronto la hicieron olvidar su barriga.

—¡Qué belleeeeza! —suspiró Winnie—. ¿Escuché algo?

—¡Boo-baa!

—¡Caracoles coloridos! ¿Qué fue eso? —dijo Winnie con voz temblorosa—. Sonaba como un búho, pero diferente.

—¡Debe ser un búho exótico! Algo raro, seguro. ¡Debo encontrarlo y luego contarle a Wilbur lo que se ha perdido!

Winnie caminó a hurtadillas por el bosque.

—¡Boo-baa! ¡Boo-baa! —gritaba.

No había más ruido que el zumbido de los
mosquitos vespertinos.

—¿Se habrá ido? —Winnie intentó de
nuevo—. ¡Boo-baa! ¡Boo-baa!

Y esta vez...

—¡Boo-baa! —llegó la respuesta.

—¡Oh, oh! —dijo Winnie. ¡Apenas podía creerlo! Sus ojos buscaban entre los árboles oscuros al búho—. ¡Boo-baa! —llamó.

—¡Boo-baa!

—¿Dónde estás, buhito? —susurró Winnie, entrelazando las manos. Nadaba en un mar de plantas enredadas.

—¡Boo-baa!

—¡Boo-baa!

... y, ¡PUM! Winnie tropezó con algo grande y suave, rebotó sobre él y cayó sobre su trasero.

—¡Cabras saltarinas! ¿Qué clase de búho puede ser?

—¿Está bien, señorita? —preguntó una voz por lo alto. Era Jerry, su vecino gigante.

—¿Jerry? —respondió Winnie—.
¿Qué hace aquí? ¡Baje la voz, bobo!
¡Hay un búho exótico por aquí y casi lo
atrapo!

—¿Se refiere al búho que hace
"¡Boo-baa!"? —preguntó Jerry,
ofreciéndole el dedo meñique para ayudarla
a levantarse.

—¡Shhh! ¿Lo ha visto, entonces?
—susurró Winnie—. ¡Lo he estado llamando
y me ha contestado!

—¡Yo también! —dijo Jerry.

—¡Shhh! ¿Usted también qué? —preguntó
Winnie.

—Lo he estado llamando,
y me ha estado contestando, y...

—¿¡Boo-baa!? ¡Entonces...! ¡Oh!
—Winnie golpeó a Jerry—. ¡PUMBA!
¡Ése no era el búho! ¡Era yo, contestándole,
cabeza de tapioca!

—¡Pues usted también es muy
boba si creía que *yo* era un pájaro!
—rio Jerry.

Después de un momento, la mueca
de Winnie se transformó en una sonrisa.

—Podríamos jugar a ser pájaros, si quiere
—dijo—. ¿Le gustaría volar, Jerry?

Antes de que Jerry pudiera contestar,
Winnie agitó su varita. ¡Abracadabra!

De inmediato, Winnie y Jerry sintieron que
algo colgaba de sus hombros. Al moverlos,
descubrieron que ese algo se abría y cerraba
tras de ellos, impulsándolos.

—¿Eh? ¡Alas, alas de verdad!
—exclamó Jerry parándose de puntitas hasta
que sus grandes botas se elevaron del suelo—.
¡Estoy volando, señorita! ¡Estoy
volando como una mariposa!

90

Las alas de Jerry tenían hermosos patrones,
pero las mariposas no suelen pesar diez
toneladas, ni patean y golpean el aire
cuando vuelan.

Winnie también estaba en el cielo.
Sus alas eran negras y rugosas, como
paraguas viejos.

—¡Yupiii! ¡Puedo
volar de cabeza!

Abajo en el suelo, Wilbur los miraba.
Se cubrió los ojos cuando Winnie daba
vueltas y negó con la cabeza pensando
que su amiga estaba un poco loca.
Pero Winnie se estaba divirtiendo.

—¡Mírame! ¡Voy a aterrizar
en un árbol!

Pero Jerry llegó primero. **¡Pras!**
Cayó en una rama. Ahora Fachas se
cubrió los ojos. Hubo un momento
de silencio y luego **criiiiiiiiiiiic...**
¡Pum! Fachas se cubrió los oídos mientras
la rama —y Jerry la mariposa— caían
al suelo.

—Oh, ¡Auch! — dijo Jerry sobándose
el trasero.

Un búho ordinario, pero muy molesto, voló
del árbol.

—¡Boo-baa! —gritó.

—¡Bobo serás tú! —dijo Winnie, aterrizando—. Ah, el aire fresco me abrió el apetito. ¿Saben qué quiero comer?

Wilbur negó con la cabeza.

—¿Qué? —preguntó Jerry.

—¡Cualquier cosa que no sea una oruga! —dijo Winnie—. ¿Quiere un poco de mermelada de oruga, Jerry?

—Eh…

—¿Sobre un pan de hongos, con un té de pantano? Tengo mucha para regalar, si la quiere. Creo que Wilbur y yo cenaremos una rica lata de tripas.

—¡Prrrr! —ronroneó Wilbur relamiéndose los bigotes.

¡Busca más aventuras de Winnie y Wilbur!